Maria Fernanda Pimenta

Jura

Inspirado na canção de
Sinhô

Copyright desta edição © 2023 Sara Editora
Copyright © 2023 Maria Fernanda Pimenta

A canção "Jura", de Sinhô, encontra-se em domínio público.

Gestão editorial	Fábia Alvim
Gestão administrativa	Felipe Augusto Neves Silva
Projeto gráfico	Maria Fernanda Pimenta
Editoração eletrônica	Luisa Marcelino
Revisão	Lúcia Tâni

Catalogação na publicação
Elaborada por Bibliotecária Janaina Ramos – CRB-8/9166

P644j
Pimenta, Maria Fernanda

Jura / Maria Fernanda Pimenta. – São Paulo: Saíra Editorial, 2023.
48 p. : il. ; 27,5cm x 20,5cm.

ISBN: 978-65-86236-85-9

1. Literatura infantil. I. Pimenta, Maria Fernanda. II. Título.

CDD 028.5

Índice para catálogo sistemático:
1. Literatura infantil 028.5

Todos os direitos reservados à Saíra Editorial

@sairaeditorial   /sairaeditorial
www.sairaeditorial.com.br
Rua Doutor Samuel Porto, 411
Vila da Saúde – 04054-010 – São Paulo, SP

A todo mundo que ajudou a tornar este sonho realidade.

Em especial ao amor da minha vida, Rodrigo;
a meus pais, Maria Eunice e Sebastião;
a meus avós: Eunice, Fernando, Sebastião e Inês (in memoriam);
a Fábia, Felipe, Rochelle, Matheus, Raoni e toda a equipe da Saíra Editorial.

4

Vivemos ao pé do grande ipê,
que ilumina nossos dias.
Somos muitas. E, ao mesmo tempo,
uma só. Somos o ritmo da terra.

Temos vários nomes: formiga-cortadeira, saúva, tanajura, içá...
O *meu* nome é Ícara.

Há quem nos chame de praga. Acho injusto, já que também trabalhamos para o bem de todas: carregamos e cortamos folha — e, às vezes, pele de gente que vem nos assustar. Protegemos o nosso lar. Cuidamos dos filhos. Cultivamos nosso alimento.

Só que algumas de nós conseguem fazer o que outras não conseguem...

Jura que só nasci para cortar e carregar, sem nunca poder voar?

Jura que não nasci tanajura?

Quando as vejo no ar, em revoada,
sonho em encontrar uma para amar.
Eu juro. Juro que vou voar!

E, de tanto querer, tive uma ideia!

É só fazer asas, como já ouvi numa história muito antiga...
e conseguir algo para prender. Com certeza irá funcionar!

E, enquanto as outras, desavisadas, cortavam folhas por cortar...

As folhas que eu tanto carregava agora iriam me carregar!

a tua

Conseguir um fio não foi difícil,
e era até uma fita bonita.

Que orgulho!

Com minhas asas novinhas em folha, eu era tanajura também!
E logo poderia me juntar a elas.

No alto da grama mais alta, coloquei meu corpo, dei impulso e...

...entendi que sonhei alto demais.

Jura de coração...

Aqui no chão, longe do céu...
tive a certeza de que queria
o impossível.

É mais fácil ficar presa à terra e trabalhar do que amar...

para que um dia

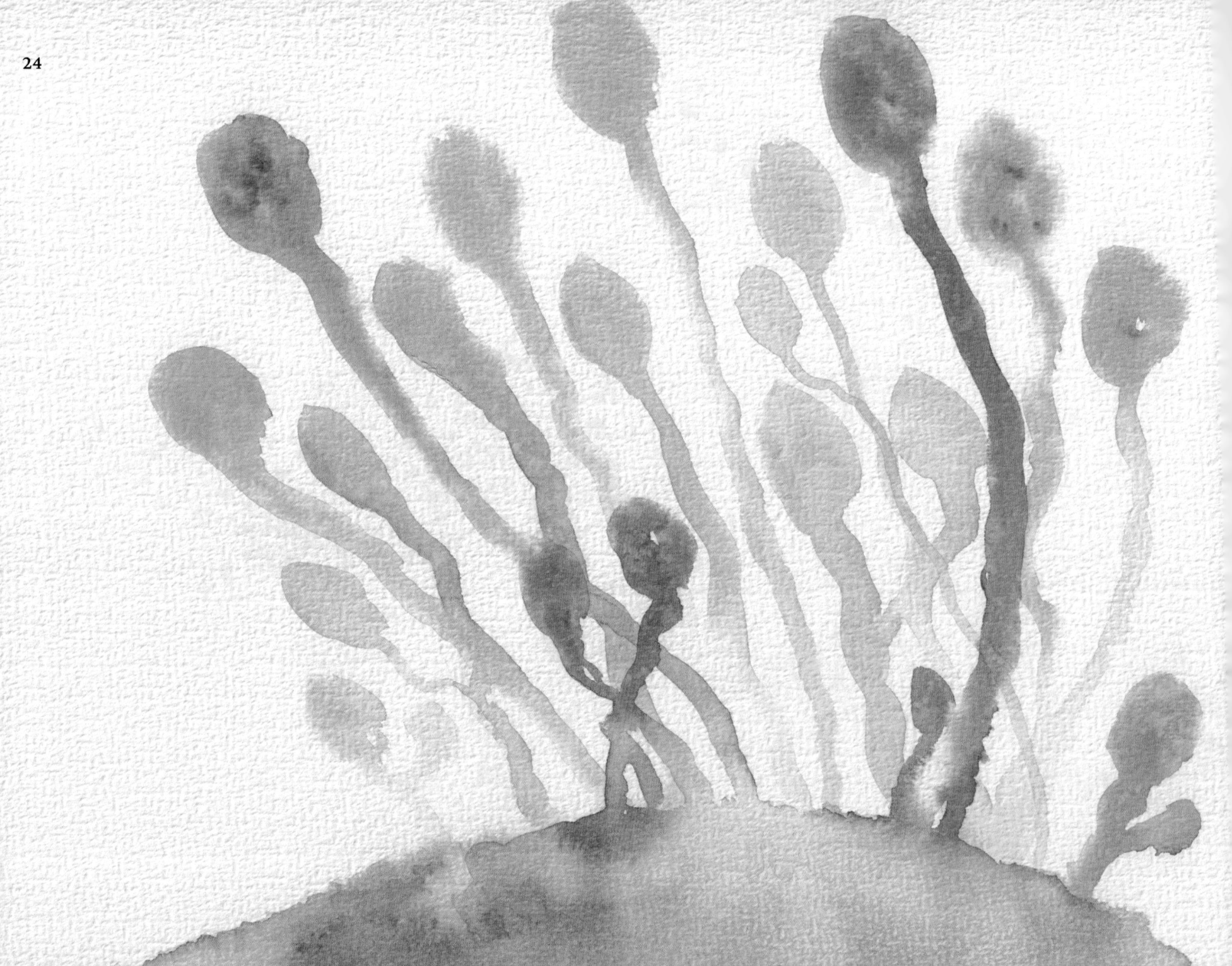

O que é isso? São tão lindas, leves...
Acho que devo investigar.

E não é que deu certo? Estou no ar, mesmo sem asas!
E cada vez mais perto de encontrar um par.
Será que, ainda assim, alguém vai se interessar por mim?

29

Daqui de dentro, você parece um sonho...

Eu também quero te tocar, mas...
Será que não estamos *muito* perto?

Fui longe demais... De novo.

E tenho medo de te perder. De perder *tudo*.

38

Mas, graças a você, ganhei uma nova chance.
E descobri que é possível *voar fora da asa.*

Assim, voamos juntas...

bem junto aos teus

para fugirmos das aflições da dor.

... no ritmo da eterna canção.

44

45

Quem foi Sinhô?

José Barbosa Silva, mais conhecido como Sinhô, nasceu em 1888 no Rio de Janeiro, onde viveu a vida toda.

Desde cedo, começou a tocar flauta. Depois, piano, cavaquinho e violão. Embora fosse considerado um "pianeiro", pois tinha pouco conhecimento de teoria e leitura musical tradicional, foi admirado por professores de renome da época pela destreza com o instrumento.

Sua verdadeira formação musical, entretanto, aconteceu pelo convívio com outros nomes importantes do início do samba nas famosas festas, rodas de dança e batuques das "casas das tias baianas". Eram locais de culto à música e à religiosidade afro-brasileira frequentados por nomes como João da Baiana, Heitor dos Prazeres, Caninha e Donga. Esses personagens fazem parte da história da música brasileira como pioneiros do samba. Aliás, por ser um dos primeiros a fazer do samba sua profissão, Sinhô é conhecido e reconhecido como o "rei do samba".

Compôs muitas músicas que fizeram parte do repertório dos Teatros de Revista, que existiam principalmente na Praça Tiradentes. Esse era um gênero de teatro muito popular no Brasil desde o final do século XIX, responsável por tornar as músicas conhecidas e divulgadas antes da chegada do rádio ao país, em 1922. Era também um espaço de trabalho importante para músicos e compositores, que criavam influenciados pelo cotidiano da vida na capital da República e pelo contato com maestros e grandes músicos. Assim, absorviam as influências da música europeia, que se misturavam ao gingado afro-brasileiro.

A importância da história de Sinhô também se deve ao fato de ele ter feito uma espécie de ponte entre as diversas camadas sociais cariocas. Ele frequentou círculos sociais diversos e foi admirado por intelectuais e personalidades como Manuel Bandeira, Álvaro Moreira e José do Patrocínio. Suas músicas retratam um tempo muito particular do Rio de Janeiro, mas continuam sendo gravadas, e a amplitude de suas relações sociais e suas ideias musicais o transformam em um autêntico cronista de sua época.

Marco Prado, professor de história, guitarrista e pai da Maria Fernanda, que também adora ler.

Quem é Maria Fernanda Pimenta?

Maria Fernanda Pimenta nasceu em Santos, São Paulo, em 1987. Desde a infância está inventando, desenhando e lendo, especialmente histórias em quadrinhos e livros ilustrados. A música sempre foi uma inspiração para criar suas histórias: não sabe dizer quantas horas da vida passou (e passa) ouvindo trilhas sonoras e imaginando coisas.

Por sua paixão por palavras e imagens, formou-se em Letras (FFLCH-USP) e posteriormente cursou Tradução e Interpretação na Alumni, em São Paulo. Além disso, fez cursos livres de artes na Escola Oficina, em Santos, e na Quanta Academia de Artes, em São Paulo.

Foi corretora de redações e professora particular de inglês, além de ensinar francês e português no ensino básico. Atualmente trabalha como tradutora e revisora. E ilustra, o que também pode ser uma forma de tradução (de ideias e emoções em imagens). Este livro é seu primeiro trabalho infantojuvenil e uma grande vitória pessoal.

Esta obra foi composta em Tomarik e Crimson Pro
e impressa em offset sobre papel offset 150 g/m²
para a Saíra Editorial em 2023